Dr A. HÉRAUD

TRAITEMENT HYDRO-MINÉRAL

DES

Fausses Métrites Hémorragiques

COMMUNICATION PRÉSENTÉE AU CONGRÈS DE GYNÉCOLOGIE

DE LILLE, 25 MARS 1913

par le Dr A. HÉRAUD

Médecin consultant aux eaux de Luxeuil

PARIS

IMPRIMERIE TYPOGRAPHIQUE R. TANCRÈDE

15, rue de Verneuil, 15

1913

Dr A. HÉRAUD

TRAITEMENT HYDRO-MINÉRAL

DES

Fausses Métrites Hémorragiques

COMMUNICATION PRÉSENTÉE AU CONGRÈS DE GYNÉCOLOGIE

DE LILLE, 25 MARS 1913

par le Dr A. HÉRAUD

Médecin consultant aux eaux de Luxeuil

PARIS

IMPRIMERIE TYPOGRAPHIQUE R. TANCRÈDE

15, rue de Verneuil, 15

1913

Traitement hydro-minéral

DES

FAUSSES MÉTRITES HÉMORRAGIQUES [1]

INTRODUCTION

Le but de cette communication est de diffé-rencier les métrorragies survenant à la suite d'une infection donnant naissance à une véri-table métrite infectieuse primitive des métror-ragies non septiques produites par une alté-ration du corps utérin et des annexes (sclérose utéro-annexielle) ou par position vicieuse de l'utérus déterminant une gêne circulatoire dans l'organe.

La bactériologie a, certes, jeté un grand jour sur la pathologie utérine et sur les acci-dents hémorragiques utérins en particulier, mais il faut, toutefois, se garder de généraliser et de tout rapporter à une infection primi-tive.

Il est des accidents hémorragiques de la

---

(1) Communication présentée au Congrès de gynéco-logie de Lille, 25 mars 1913.

sphère génitale de la femme qui ne ressortis-
sent à aucune infection ; ce sont ces accidents
qui tirent le plus grand profit d'une thérapeutique hydro-minérale bien conduite.

Il importe donc tout d'abord de séparer des
métrites hémorragiques proprement dites les
métrorragies qui sont la conséquence de certaines lésions annexielles paraissant dues à
des phénomènes réflexes et donnant lieu à des
hémorragies rebelles, chez des jeunes filles, en
dehors de toute infection.

Il en est de même chez certaines femmes,
vers l'âge de quarante ans, ayant des hémorragies très abondantes par sclérose utéro-annexielle et chez lesquelles il n'y a jamais eu
trace d'infection.

Les métrites hémorragiques dues à une infection par rétention de débris placentaires ou
déciduaux ; les métrites hémorragiques, à la
suite de fausses couches, par élimination incom-
plète de l'œuf et des membranes ; les métrites
hémorragiques des vieilles femmes, donnant
également lieu à une sécrétion fétide, soit par
suite d'une circulation défectueuse, soit par
dégénérescence athéromateuse (Monod, de
Bordeaux) des artères de la muqueuse utérine, étant surtout du domaine chirurgical,
nous conseillons, pour la conduite à tenir, la
lecture des travaux de Pozzi, de G. Richelot,
de Legueu et Labadie-Lagrave, de J. L. Faure
et Siredey.

Il est deux grandes causes de ménorragies non septiques : la congestion utérine, d'une part, et les dégénérescences scléreuses des organes génitaux, d'autre part.

CHAPITRE PREMIER

Congestions utérines

La congestion utérine reconnaît deux causes principales :

1° *Congestion utérine due à un état dyscrasique.*

2° *Congestion utérine par position vicieuse de l'utérus et des annexes.*

1° *Congestion utérine due à un état dyscrasique du sang.* — La congestion utérine due à un état dyscrasique, affection qu'on rencontre de préférence chez les neuro-arthritiques (Syredey), peut également se voir chez des sujets présentant des troubles de la nutrition générale (A. Robin et Dalché) et déterminer, de ce fait, un état général grave, une anémie profonde par suite des hémorragies.

Nous ne voudrions pas insister sur la symptomologie bien connue des congestions utérines, cependant tant de pseudo-métrites, par congestion, sont traitées comme de véritables métrites et curetées, sans raison et sans profit pour la malade, que nous croyons utile de nous arrêter un instant sur les symptômes de l'affection que nous envisageons ici.

Notons-le bien, d'autres signes viennent souvent compliquer le tableau de la congestion utérine. Il est fréquent de voir s'ajouter aux métrorragies des douleurs parfois violentes, des accidents généraux et enfin des écoulements leucorrhéiques.

C'est sur cette leucorrhée des pseudo-métrites hémorragiques qu'il convient d'insister. C'est elle qui provoque l'erreur de diagnostic et fait cureter des femmes n'ayant aucune infection utérine, les exposant ainsi, ultérieurement, à une infection véritable. De plus, par suite de cette intervention intempestive, souvent les douleurs sont exaspérées au lieu d'être calmées.

En effet, la leucorrhée, symptôme fréquent dans les pseudo-métrites hémorragiques par simple congestion, a donné lieu à de fréquents examens de laboratoire et on n'a jamais trouvé dans l'exsudat que des micro-organismes banaux et le microscope a montré que dans cette affection, assez fréquente chez les vierges, il n'y avait jamais d'infection réelle.

2° *Congestion utérine par position vicieuse de l'utérus et des annexes.* — C'est encore chez les neuro-arthritiques, malades à tissus manquant de tonicité, que l'on rencontre le plus souvent les déviations utéro-annexielles. Cependant, des infections antérieures gono-

cocciques ou puerpérales, parfaitement gué-
ries, peuvent entraîner des déviations des organes du petit bassin avec fixation vicieuse de
ceux-ci, par adhérences anciennes, déterminant secondairement des congestions utérines
avec tous les accidents qui les accompagnent.

Comme le dit Pozzi, dans son traité de
Gynécologie, les déviations utérines entraînant l'apparition du syndrome utérin, la femme,
ayant un utérus dévié, peut avoir des accidents nerveux, du ténesme vésical, du ténesme
rectal, mais l'hémorragie est un symptôme de
grande fréquence : l'exagération de l'intensité
et de la durée du syndrome menstruel de l'hémorragie, en particulier, sont les deux princi-
paux symptômes de la congestion utérine.

A part quelques exceptions, c'est à une
congestion purement mécanique, sans infection aucune, sans métrite, que sont dues les
métrorragies et la leucorrhée dans les déviations utérines.

De ce fait, on conçoit immédiatement l'inu-
tilité et même parfois les inconvénients d'un
curetage dans les pseudo-métrites envisagées
ici.

S'il y a vice de position, quel qu'en soit le
mode, il sera bon d'en rechercher la cause, d'y
remédier si possible, mais, avant tout, il faut
décongestionner les organes du petit bassin.
En effet, il n'est pas trop osé d'affirmer, je
pense, qu'entre les déviations utérines à grands

symptômes fonctionnels et les déviations utérines à symptômes physiques identiques, mais
avec peu de signes fonctionnels, il n'y a qu'une
différence due à l'excitabilité nerveuse per-
sonnelle : dans les premières il y a congestion
des organes pelviens, dans les secondes la
congestion pelvienne est peu importante.

Vis-à-vis de cette congestion, de l'état
nerveux qui l'accompagne et la conditionne,
peut-être pour une large part, les Eaux de
Luxeuil ont une efficacité indiscutable.

CHAPITRE II

Les scléroses utéro-annexielles

Comme les congestions, les scléroses utérines sont souvent causes d'hémorragies abondantes sans qu'aucun processus inflammatoire
puisse être incriminé.

C'est en général chez les femmes de 40 à
45 ans, à un âge voisin de la ménopause, que
la sclérose utérine se manifeste par une
série de symptômes plutôt fonctionnels que
physiques.

Chez ces malades on relève le plus souvent
les signes de la diathèse neuro-arthritique. On
peut également rencontrer ces accidents chez
les vierges et chez les nullipares. Ces der-
nières sont même plus souvent sujettes que

les multipares à la sclérose utérine (Pinard).

En dehors de ces causes multiples, il convient de noter que la congestion utérine chronique permanente, qu'aucun traitement n'est venu entraver dans son évolution, aboutit presque fatalement à la sclérose utérine.

Il faut se garder de confondre la sclérose utérine avec le fibrôme interstitiel. Celui-ci évolue, grossit, entraînant des symptômes fonctionnels importants (troubles rectaux, vésicaux, grandes hémorragies) qui le plus souvent nécessitent l'hystérectomie.

La sclérose utérine, au contraire, se rencontre chez la femme plus avancée en âge, plus près de la ménopause que la porteuse de fibrôme. Les troubles rectaux, vésicaux, de notable intensité sont rares ; les règles sans être très importantes sont longues et d'une abondance inaccoutumée ; la malade est fatiguée, s'anémie et le médecin se tromperait s'il attribuait à une ménopause normale ces accidents semblablement anormaux « du retour d'âge ».

Comme dans la congestion utérine simple, il ne faut pas, dans les faits qui nous occupent, se laisser influencer par l'hémorragie, par la leucorrhée, pour conseiller une hystérectomie et même un curetage, opération inutile, nuisible même chez les malades que nous envisageons.

Un examen soigneux de la femme s'impose.

Il permettra de sentir, par le toucher bi-manuel, un utérus gros, le plus souvent versé dans le cul-de-sac postérieur.

Une hypérémie de tous les organes du petit bassin rend le toucher et le palper douloureux.

C'est cette hypérémie génitale, survenant chez une femme à tissu interstitiel utérin sclé-reux, et à cause même de cette sclérose, qui donne aux symptômes que nous avons signalés toute leur intensité ; c'est à cette congestion que doit s'adresser le traitement dans le but d'amoindrir les accidents et de permettre à la malade d'attendre, avec le minimum d'ennuis, la ménopause prochaine marquant la fin de toute activité utérine et, partant, le terme des phénomènes morbides.

Nous l'avons maintes fois constaté : l'eau de Luxeuil, essentiellement sédative et décongestionnante, appliquée avec sagacité, convient admirablement à ces malades, à ces infirmes du ventre.

Deux observations typiques, prises parmi beaucoup d'autres, recueillies dans notre longue carrière médicale, confirmeront ce que nous avons dit plus haut, concernant l'action des Eaux de Luxeuil pour combattre les hémorragies consécutives à la congestion et à sclérose utérine.

Ce traitement hydro-minéral revêt un intérêt plus grand encore si l'on envisage qu'en modifiant les accidents, il met l'utérus à l'abri de l'excitation incessante, chronique, à laquelle on tend de plus en plus à donner une place prépondérante dans la génèse du cancer.

OBSERVATION I

Mlle A..., 15 ans.

Comme antécédents personnels, rien de particulier. Comme antécédents héréditaires, la mère est une neuro-arthritique manifeste, le père a eu des crises de goutte et des coliques néphrétiques.

Mlle A... a été réglée à 12 ans d'une façon normale, très bien portante jusqu'à 14 ans.

A cette époque les règles deviennent plus abondantes durant 8 à 10 jours ; et six mois après il existait un état anémique très accentué avec décoloration des tissus.

Nous ferons remarquer qu'entre temps, les règles au lieu de durer 10 jours, comme au début, persistaient pendant presque toute la durée du mois, plus ou moins abondantes.

Le médecin de la famille, après avoir conseillé le repos au lit prolongé et épuisé toute la thérapeutique conseillée en pareil cas pour combattre ces métrorragies, et cela sans résultat, engagea les parents à demander l'avis d'un gynécologue.

Le chirurgien appelé en consultation con-

seilla, à nouveau, la temporisation, la conti-
nuation des médications déjà employées,le repos au lit, les irrigations chaudes.

Deux mois après, la situation étant la même,
et la malheureuse jeune fille s'anémiant de
plus en plus, le chirurgien se décida à prati-
quer un examen complet.

Il trouva, par le toucher vaginal combiné au
palper, un utérus gros, mou, en rétro-version,
rien aux trompes. Les ovaires étaient un peu
sensibles et légèrement augmentés de volume.
— C'est alors qu'il décida de faire un curetage.

L'opération,faite avec le plus grand soin, ne
fut suivie d'aucune complication et le résultat
immédiat fut parfait, les règles suivantes ne
durèrent que 5 jours.

Hélas! cette guérison ne fut que de courte
durée, et le mois suivant les règles revinrent
avec la même abondance et furent aussi
longues que celles qui avaient précédé le curetage.

Ceci se passait en mars,et au commencement
de juin Mlle A.. venait à Luxeuil.

A son arrivée, l'état général ressemblait
beaucoup à celui dont nous avons parlé, peut-
être encore plus inquiétant puisque Mlle A...
avait, plusieurs fois par jour, des menaces de
syncopes nécessitant des injections sous-cuta-
nées d'éther.

Dès le lendemain de son arrivée, nous la faisons transporter, sous notre surveillance, à l'Etablissement Thermal où elle prit un bain ferrugineux pendant lequel elle fit une irrigation chaude d'une durée de dix minutes environ, avec de l'eau du Grand Bain. Dans l'après-midi, une seconde irrigation chaude de même durée, mais prise dans une baignoire vide.

Pendant six jours il n'y eut aucun changement notable ; cependant après chaque irrigation le sang cessait de couler pendant deux heures environ.

Au septième jour, il y eut un arrêt pendant 24 heures, puis les pertes recommencèrent, peut-être même plus abondantes.

Cet état dura pendant trois jours, puis brusquement les règles s'arrêtèrent pour ne pas reparaître, même à l'époque où normalement elles auraient dû avoir lieu.

Mlle A... quitta Luxeuil le 20 juillet, les règles n'étant pas revenues depuis le 14 juin. Elles revinrent le 29 juillet et furent normales comme quantité et comme durée.

Jusque vers la fin janvier les fonctions utérines s'accomplirent régulièrement. A cette époque, les règles furent plus abondantes et traînèrent pendant une dizaine de jours. Le mois suivant les mêmes ennuis existèrent et il en fut ainsi jusqu'au commencement de juin, époque à laquelle Mlle A... revint à Luxeuil.

Après huit jours de traitement l'écoulement sanguin s'arrêta net ; le mois suivant les règles

furent normales, et depuis ce temps la guérison ne s'est pas démentie.

Cette année nous avons eu l'occasion de re-
voir à Luxeuil Mlle A..., devenue depuis plusieurs années Mme B... Elle n'a pas d'enfant,
ce qui la désole. Les règles sont restées à peu
près normales.

A l'examen, on trouve un utérus gros, sclé-
rieux, en retroversion, mais mobile. Les ovaires
sont gros, scléro-kystiques et un peu sensibles.
Telles sont probablement les causes de la stérilité.

Nous nous permettrons de faire remarquer
que la première fois que nous vîmes cette malade elle avait déjà, à l'âge de 14 ans, des
ovaires sensibles et augmentés de volume,
pouvant déjà faire prévoir une dégénérescence
de ces organes.

Cette modification ovarienne nous avait
également été signalée par le chirurgien ayant
pratiqué le curetage.

OBSERVATION II

Mme Z..., 41 ans.

Antécédents héréditaires négatifs. Antécédents personnels, toujours très nerveuse. Ma-
riée depuis 20 ans. Deux enfants bien portants.

Il y a un an environ, sans cause appréciable,

Mme Z... eut, au moment de ses règles, une véritable hémorragie qui dura 8 à 10 jours

Le médecin conseilla le repos au lit, les injections chaudes, l'hydrastis, l'hamamelis, la solution d'adrénaline, etc., etc. Les deux époques suivantes présentèrent les mêmes ennuis, la thérapeutique avait donc complètement fait faillite.

Mme Z..., très épuisée par l'abondance et la durée de ces pertes, demanda l'avis d'un chirurgien qui conseilla un curetage, lequel fut pratiqué au commencement d'avril.

Les premières règles, après le curetage, furent normales, mais les mois suivants elles reparurent avec la même intensité. C'étaient de véritables métrorragies. Ce fut alors que le médecin et le chirurgien conseillèrent une cure à Luxeuil, sans grande confiance au dire même du chirurgien qui ne voyait de chance de guérison que dans l'hytérectomie.

Mme Z... vint à Luxeuil vers la fin de juillet, c'est-à-dire 4 mois après le curetage. L'état général était peu satisfaisant — anémie très prononcée avec décoloration des tissus ; quelques mouvements dans la chambre déterminaient de violentes palpitations ; du côté du cœur on constatait un énorme bruit de souffle se percevant dans les vaisseaux du cou ; un profond découragement moral avec une grande excitabilité nerveuse étaient venus compliquer la situation.

A l'examen interne, on trouvait un utérus gros, scléreux, en rétroversion, mobile, rien aux trompes. Les ovaires sont un peu douloureux et notablement augmentés de volume. Ce sont certainement des ovaires scléro-kystiques.

Dès son arrivée à Luxeuil, Mme Z... est soumise, malgré une hémorragie très abondante, probablement augmentée par le fait du voyage, au traitement sédatif et décongestionnant.

Bain alcalin le matin, avec irrigation dans le bain ; le soir, irrigation de 20 minutes dans une baignoire vide.

Après huit jours de ce traitement, l'hémorragie cessa complètement et les règles suivantes venues vers le 20 août furent absolument normales.

Mme Z..., pour consolider sa guérison, craignant en outre de voir l'hémorragie se reproduire le mois suivant comme après le curetage, fit, après quelques jours de repos, une seconde saison — ses règles revinrent vers le 15 septembre et furent absolument normales. — Depuis cette époque, ayant eu l'occasion d'avoir des nouvelles de Mme Z..., la guérison s'est maintenue.

CONCLUSIONS

Les positions vicieuses de l'utérus gênant la circulation dans cet organe, déterminent de la stase sanguine, engendrent des congestions utérines et, partant, des hémorragies.

La sclérose des annexes et de l'utérus, à forme descendante (sclérose débutant, pour nous, souvent par les annexes pour s'étendre ensuite à l'utérus) est également une cause fréquente de métrorragies.

C'est à ce mode de sclérose que l'on peut, à notre avis, attribuer la plupart des métrorragies virginales ; c'est en outre une cause de stérilité.

Dans les deux genres de lésions envisagées plus haut, toute intervention chirurgicale nous paraissant contre-indiquée, le curetage en particulier, l'hystérectomie restant toujours l'opération radicale, alors que tout a échoué, c'est au traitement hydro-minéral qu'il faut d'abord avoir recours.

Les Eaux de Luxeuil : les unes essentiellement remontantes par le fer et le manganèse qu'elles contiennent, les autres hyperthermales, sédatives et décongestionnantes, jouissant d'une propriété radio-active très puissante, utilisées directement au griffon de la source *Eau vivante*, nom sous lequel nous l'avons désignée en 1902, nous fournissent les deux éléments permettant d'agir activement sur l'état général, sur les congestions internes et les scléroses utéro-annexielles.

Paris. — Imp. R. TANRÈDE, 15, rue de Verneuil.

www.ingramcontent.com/pod-product-compliance
Lightning Source LLC
Chambersburg PA
CBHW061748180626
46818CB00006B/2804